Ní raibh Finn cúileáilte.
Ní raibh sé cúileáilte
ar chor ar bith!

Bhíodh Seán agus Colm
ag magadh agus ag gáire faoi
an t-am ar fad.

Ní raibh aige ach
seanbhróga peile.
Níor lig Seán ná Colm dó
peil a imirt leo.

Ní raibh aige ach seanrothar.
Níor lig Seán ná Colm dó
dul ag rothaíocht leo.

Ní raibh Finn bocht sásta.

Agus níos measa fós
bhí **gruaig** an-ait ar Fhinn.

Uaireanta bhí
dath oráiste uirthi!
Uaireanta eile bhí
dath dearg uirthi!

Ní raibh a chuid gruaige díreach.
Nó ní raibh sí catach ach oiread.

Bhí an t-uafás gruaige air.
Bhí sí **cosúil le nead**!

'Tá gruaig uafásach ort,'
a dúirt Seán agus Colm leis.

Uaireanta chuir Finn eagla ar féin
nuair a d'fhéach sé isteach
sa scáthán.

Sheas a chuid gruaige suas
ar a chloigeann ar maidin.
Bhí spící ann.
Bhí sé cosúil le gráinneog!

Chuir Mamaí spúinse fliuch
ar a chloigeann gach maidin.
Níor thaitin sé seo le Finn
Ach d'imigh na spící
ar feadh tamaill.

Ach tar éis deich nóiméad

tháinig na spící ar ais

agus d'fhan siad – ar feadh an lae.

Bhí deirfiúr ag Finn.

Ailbhe ab ainm di.

Bhí sí **cúileáilte**.

Bhí gruaig álainn ar Ailbhe.

Bhí a cuid gruaige
díreach agus fionn.

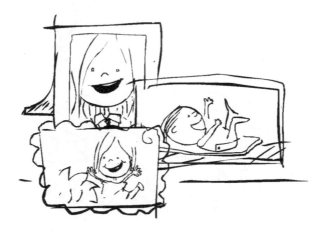

Níor chuir Mamaí spúinse fliuch
ar a cloigeann gach maidin!

Dúirt gach duine go raibh
Ailbhe go hálainn.
Ach ní dúirt aon duine é sin
le Finn – riamh.

Bhí sí ábalta gach rud
a dhéanamh i gceart.
Ní raibh sé féaráilte!

'Níl sé féaráilte,' arsa Finn

lena mháthair.

'Cén fáth nach bhfuil gruaig álainn

ormsa freisin?'

'Ach tá gruaig álainn ort!'

a dúirt Mamaí leis.

Ach níor chreid Finn í.

'Bhí gruaig Dhaidí
díreach mar sin nuair a bhí sé óg,'
a dúirt Mamaí le Finn.
'Thaitin a chuid gruaige
go mór leis na cailíní!'

Ní raibh ribe gruaige fágtha
ar Dhaidí anois. Bhí sé maol!
Bhí níos mó gruaige
ar an mbáibín nua.

Ba chuma le Finn faoi chailíní!
Ach ba mhaith leis
a bheith cúileáilte.

Ach lean Seán agus Colm

ag magadh faoi.

Thug siad ainmneacha gránna air!

Thug siad **gráinneog**

agus **grágán** air.

'Caithfidh mé rud éigin

a dhéanamh!' arsa Finn.

Smaoinigh sé agus smaoinigh sé –
agus smaoinigh sé arís.

D'fhéadfainn dul go dtí
an gruagaire,' arsa Finn leis féin.
Ach bhí sé ansin cheana
agus níor thaitin
an bearradh gruaige sin leis.

Bhí sé cosúil le cailín!

Bheadh air rud éigin
a dhéanamh **é féin**.

Smaoinigh sé ar a Mhamaí.

Bhí gruaig álainn uirthi.

Thug sí an-aire dá cuid gruaige.

Bhí go leor buidéal agus tiúbanna aici sa seomra folctha.

Chuir Mamaí dath fionn
ina cuid gruaige
gach cúpla seachtain.

Níor thaitin dath a cuid gruaige
léi ach oiread!

Chuir sí an dath isteach ar dtús.

D'fhág sí ann tamall é.

Agus ansin nigh sí
a cuid gruaige arís.

Ansin thriomaigh sí a cuid gruaige.

Chonaic Finn go minic í.
Bhí sé easca
é a dhéanamh.

Rith Finn isteach sa seomra folctha.
Bhí go leor buidéal
agus tiúbanna ann!
Bhí rud éigin ann
do gach sórt gruaige.

Bhí buidéal ann
do ghnáthghruaig fiú!
Ach níor cheap Finn go raibh
gnáthghruaig air.

Bhí go leor buidéal

le dath fionn iontu.

'Tá go leor anseo
chun mo chuid gruaige
a dhéanamh ceart,'
arsa Finn leis féin.

'Déanfaidh mé jab iontach air,'
a dúirt Finn leis féin.

Rith Finn síos go dtí an chistin.

Fuair sé babhla mór

agus spúnóg mhór adhmaid.

Isteach leis sa seomra folctha
agus dhún sé an doras.

Ansin – thosaigh sé a chuid oibre.

Bhailigh sé na tiúbanna ar fad
le chéile.

Bhailigh Finn na buidéil ar fad
le chéile.

Thug sé leis an buidéal don
ghnáthghruaig fiú.

Ní raibh a fhios ag Finn
cad a bhí sna buidéil ar fad –
ach thug sé leis iad ar aon nós.

Dhoirt sé gach rud
isteach sa bhabhla.
Dhoirt sé an seampú,
an sprae agus an gel
isteach freisin.

Nuair a bhí sé réidh
bhí babhla mór lán aige.
Bhí dath donn air.
Bhí an boladh uafásach!

Rug Finn ar a shrón.

Dhún sé a shúile.

Agus sháigh sé a chloigeann
isteach sa bhabhla.

Fuair sé scuab fiacal
agus chuimil sé an meascán donn
isteach ina chuid gruaige.

Ansin chuir sé tuáille thart
ar a chloigeann.

Fuair sé irisleabhar
agus léigh sé é.

D'fhan sé ar feadh 20 nóiméad.

Ansin nuair a bhí sé réidh
d'fhéach sé faoin tuáille.
**Ach cá raibh
a chuid gruaige?**

Ní raibh ach **ribe gruaige**
fágtha anseo is ansiúd
ar a chloigeann.

Bhí sé chomh maol le Daidí,
beagnach.

Bhí dath bán nó buí
ar aon ribe gruaige
a bhí fágtha.

Thosaigh Finn ag tochas.
Cheap sé go raibh
a chloigeann trí thine.

Chuir sé a chloigeann
faoin uisce fuar.
Agus d'imigh **níos mó**
gruaige fós.

Bhí praiseach cheart déanta aige.

Bhí sé i dtrioblóid mhór.

Thosaigh sé ag béicíl
agus ag caoineadh.
Ní bheadh sé ábalta
dul ar scoil arís.

Cad a déarfadh Seán agus Colm?
Bheadh siad ag magadh
agus ag gáire faoi go deo.

Chuala Mamaí Finn ag caoineadh
agus rith sí isteach
sa seomra folctha.

Thosaigh sí ag béicíl
agus ag caoineadh
nuair a chonaic sí cad a rinne sé.
'Cad a rinne tú le do chuid
gruaige?' a chaoin sí.

Chuir Daidí Finn isteach sa charr
agus chuaigh siad
chuig an dochtúir.

Bhí an dochtúir an-deas
ach d'inis sí dó go raibh
an rud a rinne sé
an-dainséarach ar fad.
D'éist Finn léi go cúramach.

Thug sí ungadh dó
le cur ar a chloigeann.
'Stopfaidh sé sin an tochas,'
a dúirt sí leis.

Ansin chonaic Finn

Daidí agus an dochtúir

ag caint le chéile go ciúin.

Bhí eagla ag teacht ar Fhinn.

Céard a bhí ar intinn acu?

Tháinig an gruagaire
ar cuairt an tráthnóna sin.
Bhí siosúir agus scuabanna
agus gach sórt rud aici.

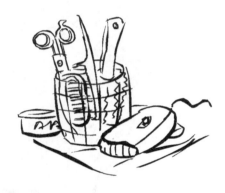

'Tá brón orm!' ar sise le Finn.
'Ach beidh orm
gach ribe gruaige ar fad
a bhearradh díot.'

Thosaigh Mamaí ag caoineadh.

'Ná bí buartha,' arsa Daidí le Finn.
'Beidh an bheirt againn
maol le chéile.'

Ghearr agus bhearr an gruagaire go dtí nach raibh ribe gruaige fágtha ar a chloigeann ag Finn.

Bhí sé chomh maol le Daidí.

Ní raibh Finn sásta
ar chor ar bith.
Bhí sé chomh
maol le hubh.

An chéad mhaidin eile
chuaigh Mamaí ar scoil le Finn
chun an scéal a mhíniú
don mhúinteoir.

Bhí eagla an domhain ar Fhinn.
Cad a déarfadh Seán agus Colm?

'**Féach**,' arsa Seán

nuair a chonaic sé Finn ag teacht.

Mhothaigh Finn an-tinn ar fad!

'Wow!' arsa Colm leis.

'Is breá liom do chuid gruaige!
Tá tú cúileáilte.

Níl cead agam mo chuid gruaige

a ghearradh mar sin.'

'Cad a dúirt do Dhaidí
nuair a chonaic sé
do bhearradh gruaige?' arsa Seán.
'An raibh sé ar buile?'

'Ní raibh,' arsa Finn.
''Sé féin a smaoinigh air.'

'Wow!' arsa Colm arís.
'Ní bheadh cead agam
é sin a dhéanamh riamh.'

'An bhfuil tú ag iarraidh
peil a imirt linn?'
arsa Seán le Finn.

Níor chreid Finn é.

Bhí sé cúileáilte faoi dheireadh.

'Níl,' arsa Finn.

'Tá mé ceart go leor.'